LA
COMEDIE EN PLEIN VENT

PAR PIERRE

ORNÉE DE GRAVURES

v.d.Hout

PARIS

LIBRAIRIE DES VILLES ET DES CAMPAGNES
18, RUE SOUFFLOT, 18.

LA

COMÉDIE EN PLEIN VENT

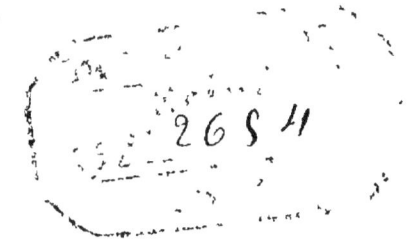

LA
COMÉDIE
EN PLEIN VENT

GRINGALET L'IGNORANT.—UNE CONSCRIPTION.
BAMBOCHINET LE RICHE.

PAR PIERRE

Orné de gravures.

PARIS

LIBRAIRIE DES VILLES ET DES CAMPAGNES
RUE SOUFFLOT, 18

GRINGALET L'IGNORANT

DIALOGUE

POUR LES SPECTACLES EN PLEIN VENT

Par PIERRE.

L'homme qui s'ennuie le plus est celui qui veut s'amuser toujours.

L'enfant qui refuse le travail de on âge est forcé plus tard d'ajouter le travail de l'enfant à celui de l'homme.

PERSONNAGES:

—

Gringalet.

Mme Bertrand.

Le magister.

Une pauvre fille.

Un soldat.

GRINGALET L'IGNORANT.

SCÈNE PREMIÈRE.

MADAME BERTRAND, GRINGALET.

MADAME BERTRAND.

Venez ici, monsieur Gringalet

GRINGALET.

Me voilà, madame Bertrand.

MADAME BERTRAND.

Vous allez bientôt apprendre un état.

GRINGALET.

Oui, madame Bertrand.

MADAME BERTRAND.

Et vous ne savez pas lire ?

GRINGALET.

Non, madame Bertrand.

MADAME BERTRAND.

Mais c'est honteux, monsieur Gringalet.

GRINGALET.

Je n'ai pas honte, madame Bertrand.

MADAME BERTRAND.

Votre sottise vous empêche de comprendre votre honte !

GRINGALET.

Oh ! je ne suis pas bête, madame Bertrand !

MADAME BERTRAND.

Si vous ne savez pas lire, c'est que

vous n'avez pu apprendre : alors vous êtes sot ; ou vous n'avez pas voulu : c'est que vous êtes paresseux.

GRINGALET.

Paresse ou sottise, lequel vaut le mieux?

MADAME BERTRAND.

Il vaudrait mieux être sot, car un sot peut n'être pas paresseux, et un paresseux devient toujours sot.

GRINGALET.

Oh ! madame Bertrand, madame Bertrand, que vous avez de grands yeux !

MADAME BERTRAND.

Je veux, Gringalet, que vous appreniez à lire...

GRINGALET.

Oh! madame Bertrand, que vous avez une grande bouche!

MADAME BERTRAND.

Je suis ennuyée de vos sottises, de votre paresse, de votre impertinence.

(Elle lui donne un soufflet.)

GRINGALET.

Oh! madame Bertrand, que vous avez de grandes mains!

SCÈNE II.

LES PRÉCÉDENTS, UN MAITRE D'ÉCOLE.

MADAME BERTRAND.

Bonjour, monsieur le magister. Je vous ai fait prier de venir, parce que je veux que vous montriez à lire à ce grand garçon.

LE MAGISTER.

Comment! ce jeune homme
Est un ignorant;
Il ne sait pas comme
Lire est amusant :
On lit des contes, des histoires,
Des lettres et des billets,
Des contrats et des mémoires;
Et tout cela, cela sans frais.

GRINGALET.

Je crois bien, on a payé les frais
d'avance.

MADAME BERTRAND.

Comment! on a payé d'avance.

GRINGALET.

On a payé le maître : j'aime mieux
payer le lecteur, je ne me ruinerai
pas.

MADAME BERTRAND.

Monsieur le magister, ce jeune

ignorant est mon neveu; je veux qu'il apprenne à lire : je vous laisse, et quel que soit le moyen que vous employiez, je l'approuve, depuis le martinet jusqu'au bâton.

(Elle sort).

SCÈNE III.

LE MAGISTER, GRINGALET.

GRINGALET.

Êtes-vous bien fort, monsieur le magister?

LE MAGISTER.

Très-fort, Gringalet! Je mangerais trois Gringalet comme un beafs-teack.

GRINGALET.

Aimez-vous les nichés?

LE MAGISTER.

Aimez-vous les punaises?

GRINGALET.

Fi! l'horreur! Ce n'est pas répondre.

LE MAGISTER.

Voyons, écoutez-moi : regardez dans ce livre.

GRINGALET.

Pourquoi appelle-t-on cela un livre?

LE MAGISTER.

Pourquoi t'a-t-on nommé Gringalet?

GRINGALET.

Ah! il n'y a pas plus de raison...

LE MAGISTER.

Voilà un A et voilà un B.

GRINGALET.

Merci : je n'ai pas l'honneur de

7

leur connaissance...je ne **désire pas** la faire.

LE MAGISTER (*il lève le martinet*).
Il le faut.

GRINGALET.
Je ne veux pas.

LE MAGISTER.
Je veux : tu vas faire connaissance avec le livre ou avec le martinet; choisis.

GRINGALET.
Je ne veux pas choisir...

LE MAGISTER.
Eh bien, je choisis, moi!
(Il le fait danser avec le martinet.)

GRINGALET.
Je vais apprendre.

LE MAGISTER.
Eh bien, je ne veux plus t'apprendre. Un jeune homme assez paresseux pour ne pas vouloir se donner

la peine d'apprendre à lire! Fi!
c'est ignoble ! Fi ! l'ignorant ! le
sot !

(Il sort.)

GRINGALET.

Je lui jetterai des pierres! A quoi
ça sert la lecture ? à lire : puisque je
ne veux pas lire, moi...

SCÈNE IV.

GRINGALET, UNE BONNE FEMME.

LA BONNE FEMME.

Pourriez-vous me dire où je pour-
rais trouver M. Gringalet?

GRINGALET.

Ici, ma bonne dame, ici; c'est moi
qui suis Gringalet.

LA BONNE FEMME.

Voilà une lettre qu'on m'a char-
gée de vous remettre.

GRINGALET.

Je vous remercie, madame; vou-

driez-vous me faire le plaisir de me
la lire ?

LA BONNE FEMME.

Je ne sais pas lire; de mon temps
tout le monde ne savait pas lire.
Mais être jeune, ne pas savoir lire,
c'est bien laid. Ah! que j'aurais
honte à votre place!.. Adieu...

(Elle sort.)

GRINGALET (*seul*).

(Il tourne la lettre).

Qu'est-ce qui m'écrit et que peut-
on me dire? je voudrais bien savoir...
j'aurais beau la retourner. Tiens, ça
m'ennuie de ne pas pouvoir dire :
Monsieur, vous êtes invité... Ah!
voilà madame Bertrand.

SCÈNE V.

GRINGALET, MADAME BERTRAND.

GRINGALET.

Madame Bertrand, voilà une lettre

qu'on vient de me donner, voulez-vous bien me la lire?

MADAME BERTRAND.

J'ai bien autre chose à faire... ah! vous ne savez pas lire, tant pis pour vous ..

(Elle sort.)

SCÈNE VI.

GRINGALET, LE MAGISTER.

GRINGALET.

Elle n'est pas complaisante du tout madame Bertrand. Ah! voilà le magister. Monsieur le magister, voulez-vous me lire cettre lettre, s'il vous plaît?

LE MAGISTER.

Ah! monsieur Gringalet !

Voilà de la politesse,
Vous avez besoin de moi,
Et vous subissez la loi
Que vous dicte votre faiblesse.
Hé bien! mon ami,
Grossier ou poli,

Je ne lirai pas la lettre.
Il fallait vous mettre,
Mon cher, en ce cas :
Vous n'y pensiez pas.
La jeunesse prépare
Le charme des vieux ans.
Malheur à qui s'égare!
Il en souffre longtemps.

GRINGALET.

Vous n'êtes guère complaisant tou-
·ours.

LE MAGISTER.

Adieu, Gringalet.

SCÈNE VII.

GRINGALET; UN PETIT GARÇON.

GRINGALET.

Par ici, petit, viens me parler.

L'ENFANT.

Ah! c'est toi, Gringalet : mon père
m'a dit de ne pas jouer avec toi.

GRINGALET.

Pourquoi ?

L'ENFANT.

Parce que tu es paresseux!

GRINGALET.

C'est une maladie qui ne se gagne pas.

L'ENFANT.

Papa dit que si.

GRINGALET.

Ce n'est pas pour jouer que je t'appelle.

L'ENFANT.

Pourquoi donc?

GRINGALET.

Pour me rendre service.

L'ENFANT.

C'est différent...

GRINGALET.

Sais-tu lire?

L'ENFANT.

Je crois bien : j'ai sept ans.

GRINGALET,

Lis-moi cette lettre.

L'ENFANT.

C'est pas imprimé ça.

GRINGALET.

Hé bien !

L'ENFANT.

Dans mon école on ne lit l'écriture à la main qu'à huit ans.

GRINGALET.

Que c'est bête !

L'ENFANT.

Je vous lirai ça l'année prochaine.

(Il sort.)

GRINGALET.

Cet enfant est sot ! Ah! voilà une jeune fille : mademoiselle !

SCÈNE VIII.

GRINGALET, LA JEUNE FILLE.

LA JEUNE FILLE.

Que voulez-vous, monsieur?

GRINGALET.

Mademoiselle, voudriez-vous avoir la bonté de me lire cette lettre?

LA JEUNE FILLE.

Très-volontiers, monsieur...

GRINGALET.

Vous êtes bien bonne, mademoiselle.

LA JEUNE FILLE.

Monsieur, je suis de la campagne, il n'y avait pas d'école dans le village, j'ai appris presque toute seule, je lis bien mal l'écriture...

GRINGALET.

Essayez, je vous prie, mademoiselle.

LA JEUNE FILLE.

(Elle prend la lettre.)

Oh! c'est bien mal écrit, c'est bien difficile...

GRINGALET.

Voyez toujours.

7.

LA JEUNE FILLE.

Mon cher G... G: je ne vois pas! G.

GRINGALET.

Il doit y avoir : Mon cher Gringalet.

LA JEUNE FILLE.

Vous avez raison, il y a : Mon cher
Gringalet, à l'instant que vous rece-
vrez cette lettre.

SCÈNE IX.

LES PRÉCÉDENTS, UNE BONNE FEMME.

LA VIEILLE FEMME.

Comment, Fanchette, je vous envoie faire une commission et vous
vous arrêtez à causer avec ce paresseux.

LA JEUNE FILLE.

Il m'a priée de lui lire cette lettre.

LA VIEILLE FEMME.

On ne lit point la lettre du premier venu, quand on est jeune fille
honnête !

GRINGALET.

Mais, madame, pour me rendre service!

LA VIEILLE FEMME.

Vous n'avez point l'air d'avoir mal aux yeux?

GRINGALET.

Non, madame.

LA VIEILLE FEMME.

Qui vous empêche de lire votre lettre, alors?

GRINGALET.

Je ne sais pas lire.

LA VIEILLE FEMME.

Vous êtes de la ville, et vous ne savez pas lire?

GRINGALET.

Non, madame.

LA VIEILLE FEMME.

Marchez vite, Fanchette, ce jeune homme est un paresseux, il finira fort mal.

GRINGALET (*seul*).

Il semble, à les entendre, que ce soit un crime de ne pas savoir lire... (*Il regarde sa lettre*). Que me dit-on? ça m'embarrasse. Ah! voici un soldat.

SCÈNE IX.

GRINGALET, UN SOLDAT.

GRINGALET.

Monsieur le militaire, voulez-vous avoir la bonté de me lire cette lettre?

LE SOLDAT.

Je naquis pres de nos frontières:
A l'âge où l'on doit travailler,
Contre les hordes étrangères
Je défendais notre foyer.
Je me battais pour ma sœur et ma mère,
Pour mon pays et pour mon empereur!
Je fus honnête et brave militaire,
Je suis payé : j'ai la croix d'honneur.

GRINGALET.

Et vous vous trouvez payé !

LE SOLDAT.

Au delà de mes mérites. Je n'ai fait que mon devoir.

GRINGALET.

Comme vous parlez!

LE SOLDAT.

Comme un homme d'honneur : je suis ignorant, non par paresse, mais parce que je n'ai pas eu le temps de m'instruire; mais après un lâche, ce que je méprise le plus, c'est un paresseux!

GRINGALET.

Ah! monsieur le soldat!

LE SOLDAT.

Et un paresseux est toujours lâche, puisqu'il n'a pas le courage de vaincre sa paresse.

GRINGALET.

Ah! monsieur le militaire.

SCÈNE XI.

LES PRÉCÉDENTS, MADAME BERTRAND.

MADAME BERTRAND.

Eh bien! Gringalet, le train est parti.

GRINGALET.

Quel train?

MADAME BERTRAND.

As-tu lu ta lettre?

GRINGALET.

Mais non, madame Bertrand.

MADAME BERTRAND.

Donne-la...

(Elle lit):

« Mon cher Gringalet, nous allons
« passer huit jours à la campagne;
« rends-toi à l'embarcadère du che-
« min de fer, nous t'emmènerons.

« Ton ami, Charles. »

GRINGALET.

Je veux partir...

MADAME BERTRAND.

C'est trop tard.

GRINGALET.

C'est affreux! personne n'a voulu
me lire cette lettre.

LE SOLDAT.

Que ne la lisiez-vous?

GRINGALET.

Je ne sais pas lire! mais je vais apprendre. Quel malheur de n'avoir pu lire cette lettre! oh! je vais apprendre.

En avant la lecture,
Mon ami Gringalet;
Vite à l'écriture,
Aussi, s'il vous plaît.
Je lirai mes lettres,
J'écrirai mes avis.
Honneur à mes maîtres!
Bonheur à mes amis!

MADAME BERTRAND.

Voilà une bonne résolution, courage!

LE SOLDAT.

Courage! mon ami, tu es Français!

FIN DE GRINGALET L'IGNORANT.

BAMBOCHINET - LE RICHE.

DIALOGUE

POUR LES SPECTACLES EN PLEIN VENT

Par PIERRE.

La fortune est un avantage q
t a le monde.

POLICHINELLE ET LES GENDARMES.

ACTEURS :

—

BAMBOCHINET.

N'COLET.

Un Soldat.

Mlle Dupré.

Une vieille Femme.

Un Vieillard.

Un petit Garçon.

Un Courrier.

Les Marchands du Village.

BAMBOCHINET LE RICHE.

SCÈNE PREMIÈRE.

BAMBOCHINET, NICOLET.

BAMBOCHINET.

Tu as prévenu tout le monde ici que j'étais riche, très-riche?

NICOLET.

Oui, monsieur!

BAMBOCHINET.

On va me faire beaucoup d'honneur?

NICOLET.

Oui, monsieur!

BAMBOCHINET.

Que vont-ils me faire tous ces gens-là?

NICOLET.

Ils vont tous vous faire des offres de services !

BAMBOCHINET.

Quels services ?

NICOLET.

L'épicier ses épices, le marchand de vin son vin, la laitière son lait, et le jardinier ses légumes et ses fleurs !

BAMBOCHINET.

Mais dis-donc, Nicolet, il me semble que le plus pauvre habitant du village peut alors compter sur leurs services.

NICOLET.

Sûrement, monsieur ; mais l'enseigne suffit aux pauvres, aux riches on fait les offres.....

BAMBOCHINET.

Si l'on allait mettre la visite sur ma note ?

NICOLET.

Ça se pourrait bien.....

BAMBOCHINET.

A quoi me servira d'être riche, si l'on ne me fait des honneurs qu'en me les faisant payer ?.

NICOLET.

C'est beaucoup d'avoir le moyen de les payer.

BAMBOCHINET.

Je voudrais des honneurs qui ne me coûtassent rien.

NICOLET.

Ces honneurs-là vont aux talents, à la vertu, et non à l'argent.

BAMBOCHINET.

Cependant on a tout avec de l'argent?

NICOLET.

Mais non, monsieur : on n'achète ni le bonheur ni l'estime.

BAMBOCHINET.

Tu veux me faire accroire qu'on n'est pas toujours heureux quand on est riche?

NICOLET.

Oh! monsieur, on voit bien qu'il n'y a pas longtemps que vous êtes riche.

SCÈNE II.

LES PRÉCÉDENTS, UN COURRIER.

LE COURRIER.

Monsieur Bambochinet, je viens vous annoncer que votre fille, la jolie petite Armanda, est tombée hier un couteau à la main, et s'est crevé un œil.

BAMBOCHINET.

Oh! mon Dieu! quel malheur affreux! moi le seigneur Bambochinet j'aurai une fille borgne?

LE COURRIER.

Votre beau cheval s'est abattu et s'est cassé une jambe.

BAMBOCHINET.

Mais c'est affreux! mon beau cheval, mon beau cheval! mais j'aimais ce cheval; un admirable cheval.

LE COURRIER.

Le feu a pris dans vos serres, et toutes vos fleurs sont brûlées.

BAMBOCHINET.

Tu es un abominable courrier de malheur.

LE COURRIER.

Mais non : voilà un portefeuille rempli de billets de banque que je vous porte.

BAMBOCHINET.

Mais ma pauvre Armanda n'a plus qu'un œil, mon beau cheval est mort, et mes fleurs, mes belles fleurs que

j'avais soignées avec tant d'amour
sont perdues.

NICOLET.

Vous aurez d'autres fleurs et un
autre cheval, et même un autre œil
à Armanda.

BAMBOCHINET.

Tais-toi, malheureux ! j'aurai un
autré cheval, ce ne sera pas Hector
ces fleurs que j'avais arrosées , je le
aimais de toutes les peines qu'elle
m'ont coûtées.

SCÈNE III.

LES PRÉCÉDENTS, LES MARCHANDS DU
VILLAGE, UN VIEUX SOLDAT.

L'ÉPICIER.

Monsieur de Bambochinet, j
viens vous offrir mes respectueu
hommages et le meilleur café, et
plus beau sucre du monde, du s
gris, du sel blanc, du poivre et d

piment, de l'huile et du vinaigre, des pruneaux et de la moutarde, du fromage et des biscuits, etc.

BAMBOCHINET.

Je vous remercie, monsieur.

L'ÉPICIER.

Le tout, le tout à juste prix.

LE MARCHAND DE VIN.

Monsieur de Bambochinet :

Vrai, j'ai du bordeaux fort bon,
Du champagne et du mâcon,
Du vin de Provence,
Vrai vin de Jouvence,
Rendant et la santé
Et la douce gaieté.

LA LAITIÈRE.

Monsieur de Bambochinet, je vous prie d'agréer mes hommages et mon beurre et mon lait, mes œufs et mon fromage.

LE JARDINIER.

Monsieur de Bambochinet, j'ai des laitues, j'ai de la mâche, des pissenlits, du céleri, du cresson et de la romaine, des pois et des haricots verts, des fèves et des pommes de terre, des asperges, des artichauts, des melons et des concombres.

BAMBOCHINET.

Je vous remercie, mes amis; certes je vous ferai valoir..... mais je m'étonne que le village, qui me sait riche à millions, ne vienne pas au devant de moi.

L'ÉPICIER.

Comptez-vous leur donner une fète? ils viendront.'

LE MARCHAND DE VIN.

Donnez seulement une barrique de vin.

LA LAITIÈRE.

De la crème et des fraises.

BAMBOCHINET.

Mais ce serait alors pour la fète, le vin ou la crème.

L'EPICIER.

Dame, vous êtes riche; maissi votre fortune ne nous rapporte rien, ça ne nous fait pas tant d'effet que la boutique d'un bijoutier : ça ne brille pas tant.

BAMBOCHINET.

A quoi me servira ma fortune, si elle ne me préserve pas des maux ordinaires de la vie, et que vous ne rendiez des honneurs qu'à mon argent?

LE VIEUX SOLDAT.

Monsieur Bambochinet, voulez-vous me permettre de vous donner un conseil?

BAMBOCHINET.

Oui, mon brave.

LE VIEUX SOLDAT.

Semez des bienfaits, donnez du vin aux malades, du lait aux poitrinaires et aux enfants, des légumes

8

aux convalescents, on ne criera pas :
Vive M. Bambochinet! mais on vous
aimera.

Oh! monsieur le soldat, votre empereur aimait entendre crier : Vive
l'Empereur?

LE VIEUX SOLDAT.

Ce cri partait de notre cœur!
Il célébrait moins le vainqueur
Que notre amour et la reconnaissance;
Il exaltait du talent la puissance.
Napoléon sur son rocher
Resta le maître de la terre,
Car son génie le fit régner,
Et le génie, c'est la lumière

BAMBOCHINET.

Comment, monsieur le soldat, et
moi qui ne suis que riche, je ne serai rien à vos yeux?

LE SOLDAT.

Pardon, monsieur, la fortune est
un avantage, et non un mérite. Je

fais cas de tous les avantages, et je méprise tous les envieux.

BAMBOCHINET.

Ah! ah! vous faites cas de moi?...

LE SOLDAT.

Toute fortune honorablement acquise est une preuve de travail; j'estime le travail. Si la fortune a été transmise, le bon emploi seulement la rend honorable.

BAMBOCHINET.

Je fais un bel emploi de ma fortune : tous les ans j'achète de nouveaux biens.

LE SOLDAT.

Si vous saviez, en parcourant le monde,
Que de mépris on prend pour les faux biens!
Sur l'avenir malheureux qui se fonde!
Un seul instant, et vous n'avez plus rien,
Un grain de plomb, une faible étincelle
En un instant peut tout anéantir!
Ah! la vertu! la vertu seule est belle :
C'est le seul bien qu'on ne peut nous ravir.

BAMBOCHINET.

Qu'est-ce que la vertu?

LE SOLDAT.

La force d'accomplir son devoir, quel que soit le sacrifice qu'il impose.

BAMBOCHINET.

Qui récompense de ces sacrifices?

LE SOLDAT.

La conscience !

BAMBOCHINET.

Qu'est-ce que j'entends?

SCÈNE IV.

LES PRÉCÉDENTS MADEMOISELLE DUPRÉ,
VIEILLE FEMME, TOUT LE VILLAGE.

UN VIEILLARD.

Ah! mademoiselle Dupré, quelle joie ! vous voilà de retour, je suis rajeuni : vous nous lirez ces belles histoires qui font tant de bien à l'âme, elles vous rendent meilleurs.

UNE VIEILLE FEMME.

Vous nous guérirez de nos maux avec vos bonnes tisanes.

UNE PETITE FILLE.

Vous nous apprendrez encore à travailler.

UN PETIT GARÇON.

Et à moi à lire et à écrire.

MADEMOISELLE DUPRÉ.

Oui, mes bons amis ! je vous donnerai mes soins...

TOUT LE VILLAGE.

Vive mademoiselle Dupré !

BAMBOCHINET.

Quel enthousiasme! Cette femme n'est pas riche ?

LE SOLDAT.

Non, mais elle est bonne...

BAMBOCHINET.

Je voudrais être aimé comme elle.

8.

LE SOLDAT.

C'est bien facile : vous êtes riche, faites faire tout ce qu'elle fait, et allez voir vous-même si le bien que vous voulez faire est bien administré.

BAMBOCHINET.

Ça me prendra bien de l'argent et bien du temps...

LE SOLDAT.

C'est de l'argent bien dépensé et du temps bien employé...

BAMBOCHINET.

Mes amis, je fonde une école dans le village. Mademoiselle Dupré, aurez-vous la bonté de diriger la maîtresse ?...

MADEMOISELLE DUPRÉ.

De tout mon cœur, monsieur Bambochinet.

LE VILLAGE.

Vive M. Bambochinet !

BAMBOCHINET.

Je vais envoyer une petite pharmacie à mademoiselle Dupré...

MADEMOISELLE DUPRÉ.

Ah! vous comblez tous mes vœux...

LE VILLAGE.

Vive M. Bambochinet!

BAMBOCHINET.

Dimanche prochain vous viendrez tous danser au château jusqu'à la brune. Les jeunes filles seront conduites par leurs mères ou leurs voisines, mais aucune ne sera admise sans chaperon...

MADEMOISELLE DUPRÉ.

Oh! très-bien, monsieur...

LE VILLAGE.

Vive M. Bambochinet...

LE VILLAGE CHANTE.

Chantons en chœur
Le bienfaiteur

De la vieillesse et de l'enfance ;
Pour l'un il sera l'avenir,
Et pour l'autre la souvenance.
Sa bonté doit recueillir
L'amour et la reconnaissance.
Vive! vive le bienfaiteur !
Exaltons le, chantons en chœur:
Ah! vive notre bienfaiteur.

BAMBOCHINET.

Je vous remercie, mes amis...

(Il s'essuie les yeux.)

Leur joie m'a ému jusqu'aux larmes.

LE SOLDAT.

Mes amis, c'est bien : soyez toujours reconnaissants, la reconnaissance honore encore plus celui qui l'éprouve que celui à qui on la témoigne.

UN ENFANT.

Est-ce qu'il y a des ingrats ?

LE SOLDAT.

Beaucoup... mais plaignons-les, ils sont bien malheureux.

BAMBOCHINET.

Leurs bienfaiteurs le sont encore davantage.

LE SOLDAT.

Du tout, monsieur Bambochinet : toute bonne action porte avec elle sa récompense. Dieu a fait le cœur de l'homme de telle façon, que l'homme porte toujours en lui sa joie ou sa peine

De l'affreuse Sibérie
A pied j'ai vu les déserts;
J'ai parcouru l'Italie
Et j'ai traversé les mers;
Toujours. dans ma conscience,
J'ai su trouver le bonheur :
J'ai toujours chanté la France,
La gloire et mon empereur.

MADEMOISELLE DUPRÉ.

Oh! monsieur le militaire, vous avez été toujours la joie et l'exemple du village (*aux enfants :*) il faudra lui ressembler.

LES ENFANTS.

Oui, mademoiselle : vive l'Empereur !

LE SOLDAT.

Bien, mes amis !

SCÈNE V.

LES PRÉCÉDENTS, UN COURRIER.

LE COURRIER.

Où est M. Bambochinet ?

BAMBOCHINET.

Me voilà, mon ami...

LE COURRIER.

Madame Bambochinet m'envoie vous dire que mademoiselle Armanda ne perdra point son œil, et votre cheval guérira; on a sauvé vos plantes les plus rares.

BAMBOCHINET.

Quel bonheur !

LE SOLDAT.

C'est le ciel qui vous récompense.

MADEMOISELLE DUPRÉ.

Le Seigneur rend toujours à usure.

LE VILLAGE.

Bonheur à M. Bambochinet !

Que le ciel le récompense
De son cœur, de ses vertus;
Que sa noble bienfaisance
Fasse doubler ses écus.
Que toujours dans nos familles
On partage ses chagrins,
Et que nos fils et nos filles
Chantent après nous ce refrain :
    Vive le bienfaiteur !
    Chantons en chœur
    Notre bienfaiteur!

BAMBOCHINET.

Je suis bien heureux, mes amis !

LE SOLDAT.

Voyez-vous, monsieur Bambochinet, on estime la fortune par l'em-

ploi qu'on en fait, et non pour elle-même...

BAMBOCHINET.

Je comprends : il faut semer si l'on veut recueillir.

FIN DE BAMBOCHINET LE RICHE.

UNE

CONSCRIPTION

VAUDEVILLE EN DEUX ACTES.

Par PIERRE.

Celui qui ne vit que pour soi
ne mérite l'amitié de personne.

7

GRINGALET L'IGNORANT (page 7).

PERSONNAGES.

—

CHARLOT, marin.

FIRMIN.

JULIEN, frère de Firmin.

EUSTACHE, père de Firmin et de
Julien.

JEANNOT.

COLAS.

UNE
CONSCRIPTION.

PREMIER ACTE.

SCÈNE PREMIÈRE.

FIRMIN, CHARLOT.

(D abord Charlot tout seul. Il entre en dansant.)

Quand je suis en goguette,
    Tout tourne ;
Quand je suis en goguette,
Au monde je fais la loi,
Tout tourne avec moi ;
Je suis plus puissant qu'un roi,
Quand je suis en goguette, etc.

(Firmin entre sur la reprise et danse avec Charlot.)

FIRMIN.

Morgué, n'y a rien de pus vrai,
quand j'ai un p'tit coup sous le bon-
net, j'sis heureux comme n'y a pas ;
c'est dommage qu'ça chagrine mon
bonhomme de père.

CHARLOT.

Ah ! le bonhomme a la digestion difficile ?

FIRMIN.

Oui, des ribotes que je fais !

CHARLOT.

Et des siennes ?

FIRMIN.

Il n'en fait jamais.

CHARLOT.

AIR : *Vous vieillirez.*

Souvent paré d'une vertu sévère,
L'homme ne suit, hélas ! que son penchant :
Ton pere gronde, tel est son caractère,
Et moi je t'aime, mais avec dévouement.
Va, tu verras par quelle active adresse
De doux plaisirs je saurai t'entourer ;
A tous ces soins reconnais la tendresse
Voilà, voilà comme l'on doit aimer.

FIRMIN.

Ma foi, c'est vrai ! Sa tendresse ressemble à de la haine : il ne voudrait pas me permettre la plus légère distraction.

CHARLOT.

Mais t'as vingt-trois ans! Tu n'e
plus un enfant, morguenne!...

FIRMIN.

Un enfant! sapristie! Qu'est-ce
qui me prend pour un enfant?

SCÈNE II.

JEANNOT, FIRMIN, CHARLOT.

JEANNOT.

Quel enfant, toi! Y a longtemps
que t'es émancipé. T'as-t'y seulement
travaillé de la semaine?

FIRMIN.

Ça ne te regarde pas.

JEANNOT.

Je sais bien; mais j'aimerais savoir d'où as-tu de l'argent?

CHARLOT.

Qu'est-ce que cela te fait?

JEANNOT.

Mais oui, car je voudrais avoir de l'argent sans rien faire.

FIRMIN.

Mais je travaille ! Et puis est-ce que tu me crois ivre?... dis donc, malheureux ?

JEANNOT.

Ah ! monsieur Firmin, ne vous fâchez pas ! V'êtes quelquefois gai ! mais jamais vous n'êtes, vous m'entendez bien ! mais vous faites bombance, et v'là c'que j'aimerais ! Comment faites-vous !

FIRMIN.

AIR : *C'est le gros Thomas.*

Je bois le lundi,
Le mardi, même tapage;
Mais dès le jeudi,
Comme un lion plein de courage,
Jusqu'au samedi,
De bon appétit,
Je sais rester à l'ouvrage,
Comme un garçon de ménage.

Oh ! je suis vraiment
Un très-bon enfant.

JEANNOT.

Même air.

Mais dès le lundi,
Vite je m' mets à l'ouvrage ;
Eh bien, le mardi,
C'est encor même ramage ;
Jusqu'au samedi,
J'en perds l'appétit,
Il faut rester à l'ouvrage ;
J'n'ai plus ni force ni courage.
Car aussi, vraiment,
C'est trop échignant.

CHARLOT.

Si tu te délassais davantage, tu
travaillerais plus et mieux.

JEANNOT.

J'avais pensé cela ! mais ce que je
voudrais, c'est être un brave garçon
comme vous ! là, hardi !

(Charlot lui prend la main.)

JEANNOT.

Ah ! monsieur Charlot, laissez-

moi la main ; voyez-vous, la vôtre
est comme un étau.

CHARLOT.

T'as-t'y peur ?

JEANNOT.

Nenni. Mais vous avez été sur tous
les bateaux du roi, ça forme la poi-
gne ; et moi qui suis tailleur, voyez-
vous, c'est différent.

FIRMIN.

Tu devrais t'embarquer.

JEANNOT.

Pas si bête. J'ai peur de la mer...

CHARLOT.

Peur ! peur ! Oses-tu le dire ?

JEANNOT.

Dame, puisque c'est vrai.

CHARLOT.

Misérable, tu as peur !

JEANNOT.

Pardine, vous me faites autant de

peur que la mer, v'êtes comme un ouragan.

CHARLOT (*avec un air de supériorité*).

Oh ! je suis bon enfant !

JEANNOT.

Oh ! oui, mais v'êtes habitué à de grands tapages.

CHARLOT.

Eh bien ! tu seras peut-être forcé de t'y habituer, si tu es pris au sort.

JEANNOT.

Que le ciel me préserve, miséri-corde !

CHARLOT.

Quel grand malheur !

Soldat, soldat,
C'est un bel état ;
Allons, mon garçon,
Le son du canon
Te ranimera,
Te refera.
Soldat, soldat,
C'est un bel état !

7.

FIRMIN.

Diable, ça me fait penser...

JEANNOT.

Quoi, monsieur Firmin ?

FIRMIN.

Que c'est aujourd'hui que mon frère tire.

JEANNOT.

Est-ce que vous aviez pu l'oublier ? Mon Dieu, v'là huit jours que je ne dors pas...

CHARLOT.

Peureux...

JEANNOT.

Et je ne suis pas dans la position de ton frère; car enfin c'est un brave garçon, Julien; c'est lui qui nourrit ta famille, tous les enfants de ta sœur, de cette sœur dont le mari est mort.

FIRMIN (*avec humeur*).

Oui... oui...

JEANNOT.

Dame ! c'est pas pour te fâcher, mais, vois-tu, c'est que ce pauvre Julien à vingt ans est père de famille.

CHARLOT.

Comment cela ?

JEANNOT.

Comment ! le père de Firmin est un savant, il a été militaire, il a la croix d'honneur ; mais dame ! il a des blessures, il ne peut pas travailler beaucoup, il a des douleurs ; il a sur les bras sa fille et trois petits-enfants, et c'est Julien qui nourrit tout cela !

CHARLOT.

Ma foi, c'est beau ! mais pourquoi sa sœur s'est-elle mariée à un homme qui s'avise de mourir ? Chacun doit nourrir ses enfants !

JEANNOT.

Ah ! c'est vrai cela : chacun pour soi.

FIRMIN.

Voilà ce que je dis. On me reproche mes plaisirs; il faudrait, à les entendre, que je sois là comme une victime de l'ouvrage, le matin, le soir, toujours, toujours!

CHARLOT.

Je parie qu'ils disent tous dans le village que je suis une mauvaise compagnie.

JEANNOT.

Pardine! y le disent tous; y disent: Ce garçon-là n'est pas du pays, il est venu toucher un héritage, y va le manger; qui le mange, mais qu'il ne nous débauche pas nos jeunes gens.

CHARLOT.

Ah! voilà ce qu'on dit? Et qui est-ce qui dit cela?

JEANNOT.

Ma foi, tout le monde! Ah! v'là M. Eustache, le père de Firmin.

FIRMIN.

Je me serais passé de sa vue très-
volontiers.

JEANNOT (*se frottant les mains*).

S'il pouvait le gronder, ça serait-
t'y divertissant !

SCÈNE III.

LES PRÉCÉDENTS, EUSTACHE.

EUSTACHE.

Très-bien, Firmin, vous employez
bien votre temps ! rire, boire et causer.

FIRMIN.

Mais oui, mon père, c'est bien em-
ployer son temps.

EUSTACHE.

Penses-tu ?...

CHARLÓT.

Ma foi, monsieur, c'est le vrai
moyen que le temps ne paraisse pas
long.

EUSTACHE.

AIR : *Aube riante.*

Vous, vous courez de hasards en hasards,
Et chaque jour vous vendez votre vie;
Vous revenez avec de riches parts,
Eh bien ! alors, vous faites chère lie !
   On vous paie cher à votre bord,
   Mais Firmin est toujours à terre,
   Il n'a jamais quitté le port;
   Chaque jour n'a que son salaire (*bis*).

CHARLOT.

Cela lui suffit, monsieur.

EUSTACHE.

Monsieur, il doit se préparer un
avenir, même alors qu'il ne voudrait
vivre que pour lui.

CHARLOT.

L'avenir d'un matelot, c'est l'es-
tomac d'un requin !

JEANNOT.

C'est cela qui est gai !

EUSTACHE,

J'ai été militaire.

J'exposai deux cents fois ma vie,
Je fus dans plus de vingt combats ;
Mais un bon cœur jamais n'oublie
Ceux qu'il aime, et qu'il ne voit pas.
Même en marchant sous la mitraille,
J'en gardais un doux souvenir ;
Leurs prières pendant la bataille
Me préparaient un avenir.

CHARLOT.

Ah ! c'est différent, personne ne
prie pour moi.

EUSTACHE.

Je vous plains si vous êtes sans famille ; si vous méritez d'en être ou-
blié, je vous plains encore.

CHARLOT.

Diable ! vous voulez me plaindre
à tout prix.

JEANNOT.

Ah ! le père Eustache l'a battu !

EUSTACHE.

J'espère, Firmin, qu'aujourd'hui
vous ne vous éloignerez pas ; dans

une heure, votre frère tire : il peut être pris, il aura besoin de consolation.

Oh ! mon Dieu ! et moi donc, si je suis pris !

Et toi aussi, Jeannot ; mais Julien sait combien son travail m'est nécessaire.

Mais, comme disait M. Charlot : votre gendre n'avait pas le droit de mourir ; chacun doit nourrir sa famille.

M. Charlot dit cela ?

Oui, monsieur.

Monsieur sait qu'en plaisantant...

On peut être cruel, j'ignorais...

CHARLOT (*à Firmin*).

l n'est pas réjouissant, ton père.

SCÈNE IV.

LES PRÉCÉDENTS, COLAS.

COLAS.

Je suis un garçon de tête,
  Filourette, filourette;
Je n'irai pas à Paris, ⎫
  Filourette, filouri; ⎭ *bis.*
Car un sergent fort honnête,
  Filourette, filourette,
En buvant me l'a promis,
  Filourette, filouri,
En buvant me l'a promis.
Et pour un verre d'anisette,
  Filourette, filourette,
Moi je ne serai pas pris,
  Filourette, filouri.

JEANNOT.

J'en donnerai deux, j'en donnerai trois, je donnerai une bouteille.

3

CHARLOT.

Les bonnes dupes !

COLAS.

Dupe vous-même, monsieur le
marin ; ah ! je ne me laisse insulter
par personne, voyez-vous ! je suis
crâne, surtout quand j'ai pris de l'a-
nisette...

CHARLOT.

Ah ! monsieur, je ne vous insulte
pas ; je crois que j'aurais tort.

COLAS.

Vous dites cela d'un air...

FIRMEN.

D'un air de crainte...

COLAS.

Tu crois, Firmin... ah ! voici Julien !

SCÈNE V.

LES PRÉCÉDENTS, JULIEN.

JULIEN.

Mon père, on vous demande à la mairie ; le maire veut prendre quelques renseignements ; comme vous avez été sergent, il croit que vous savez.

EUSTACHE.

Peut-être bien ; j'ai su bien des choses dans ma vie ; j'y vais.

(Il sort.)

JEANNOT.

Je vais acheter une bouteille d'anisette.

(Il sort.)

SCÈNE VI.

CHARLOT, JULIEN, FIRMIN, COLAS.

JULIEN.

Écoute, Firmin, si je pars, tu auras bien soin de mon père et de ses petits-enfants.

CHARLOT.

Messieurs, jè vous laisse vous dire vos petites affaires. Venez – vous, monsieur Colas?

COLAS.

Nenni, car je serais curieux de voir comment Firmin va répondre à son frère.

FIRMIN.

Ah çà! veux-tu me tourner les talons? Si je te faisais passer la curiosité, ce serait pour tout de bon!

COLAS.

Vous ne voulez pas? eh bien! adieu:

Filuerotte, je n'en perdrai pas la tête,
    Filourette, filourette,
    La tête ni l'appétit,
    Filourette, filouri.

                    (Il sort.)

SCÈNE VII.

FIRMIN, JULIEN.

JULIEN.

Mon frère, le sort, aujourd'hui, peut nous séparer; je voudrais te confier mes projets, mes espérances.

FIRMIN.

Oui, parle. Je serai ton exécuteur testamentaire.

JULIEN.

Ah! je l'espère... Mon père est bien fatigué, je tâche de lui procurer quelques petites douceurs, je te dirai comme quoi je fais.

FIRMIN.

Oh ! oui, mais il gronde, le bonhomme.

JULIEN.

Lui, jamais, il me remercie toujours ; il ne me gronde que de trop travailler.

FIRMIN.

Ah ! je comprends ; mais moi, j'ai besoin de me distraire.

JULIEN.

Oh ! mon frère, si tu savais comme ces trois petits enfants sont intéressants ! ils sont charmants ; leurs caresses me délassent.

FIRMIN.

Je n'aime pas les enfants !

JULIEN.

Tu les aimeras... mais qu'est-ce que cela?

SCÈNE VIII.

LES PRÉCÉDENTS, CHARLOT, JEANNOT, COLAS.

JEANNOT.

Allons, Julien, v'là le tirage qui commence ; entends-tu le tambour?

TOUS ENSEMBLE :

AIR : *Chasseurs diligens.*

J'entends le tambour,
Allons, on rappelle :
A l'ordre fidèle,
Vite tu cours.
je

Que ta main de l'urne
ma
Nous tire un billet
Me
De bonne fortune :
Ne sois pas inquiet.
Allons ! du courage,
Courons à l'ouvrage,
Sois heureux et sage,
Dieu te conduira, tra la !

(Ils sortent.)

FIN DU PREMIER ACTE.

SECOND ACTE.

—

SCÈNE PREMIÈRE.

COLAS.

Ma foi ! j'en perdrai la tête,
   Filourette, filourette ;
Eh bien donc, me voilà pris !
   Filourette, filouri.
Il a bu mon anisette,
   Filourette, filourette,
Et pourtant me voilà pris,
   Filourette, filouri.

SCÈNE II.

COLAS, JEANNOT.

JEANNOT.

Que j'sis content ! queu bonne nouvelle,
Je n'irai pas au régiment !
Je crains d'en perdre la cervelle ;
Je pleure et je ris comme un enfant.
   Que j'sis content !
  Ah ! ah ! ah ! qu' j'sis content !
Ah ! queu bonheur ! queu biau moment !
Ah ! pour moi queu ravissement,

Que j'sis joyeux ! que j'sis content !
J'en mourrai de contentement !
Ah ! maintenant me v'là tranquille.
J'irai crier de ville en ville,
J'irai danser, sauter, chanter ;
    Que j'sis content !

COLAS.

Comment oses-tu être si content,
quand j'ai tant de chagrin?

JEANNOT.

C'est que, vois-tu, le chagrin des
autres, ça me fait rien du tout, rien
du tout.

COLAS.

C'est ça qu'est beau !

JEANNOT.

Ah ! pourtant, tiens, je dis vrai,
si Julien était pris, ça me ferait quelque chose.

COLAS.

Eh bien ! à moi aussi ; c'est que
c'est un gentil garçon !

JEANNOT.

Oh ! oui ; c'est pas comme son

frère aîné qui fait l'important, et qui se croit quelque chose !

CHARLOT.

Oh ! oui, y se croit quelque chose, parce qu'il aide le grand escogriffe Charlot à manger l'héritage de sa tante.

JEANNOT.

C'est moi qui n'aime pas ce M. Charlot ?

SCÈNE III.

LES PRÉCÉDENTS, CHARLOT.

CHARLOT.

Qui m'appelle ?

JEANNOT.

Pas moi.

COLAS.

Ni moi.

CHARLOT,

Alors vous parliez de moi, car j'ai

entendu distinctement mon nom;
que disiez-vous?

JEANNOT.

Rien.

CHARLOT.

Imbécile, penses-tu me faire accroire?

COLAS.

Vous faire accroire, à vous? on dit
que vous ne croyez à rien.

CHARLOT.

On dit cela?... les impertinents!...
les sots!... Mais pourquoi se fâcher?
Ah! Colas, tu es pris?

COLAS.

AIR : *Guernadier, que tu m'affliges.*

Ah! Charlot, tu m'exaspères
En m'parlant de numéro,
Vrai, ça m'brouille la cervelle,
Je crains d'en perdre l'esprit;
   Car, vrai, j'sis tracassé,
    Tourmenté
D'partir pour le régiment.

CHARLOT.

Eh bien ! mon cher, je vais te consoler.

COLAS.

Comment allez-vous faire ?

CHARLOT.

Tu ne veux pas aller au régiment?

COLAS.

Non !

CHARLOT.

Tu ne veux pas de cette vie de pousse-cailloux ?

COLAS.

Non, non...

CHARLOT.

Eh bien ! mon cher...

COLAS.

Dites... donc.

CHARLOT.

Eh bien ! mon cher, il y a besoin de matelots : la moitié des recrues doivent être envoyées à Brest pour être embarquées; demande à être de ceux-là, on ne te refusera pas...

COLAS.

Oh ! je ne suis pas si bête,
Filourette, filourette.
Je vous remercie, cher ami,
Filourette, filouri.

CHARLOT.

Comment ! tu ne veux pas t'embarquer?

AIR : *A voyager passant sa vie.*

Ah ! combien j'aime la tempête !
J'aime à lutter avec le vent,
J'aime le tonnerre sur ma têté,
La mer s'élevant follement.
Je sens toute mon énergie,
A l'instant je me sens grandir ;
Je me prends à chérir la vie,
Qu'un seul instant peut me ravir.

COLAS.

Je n'ai pas besoin de ça pour aimer la vie, moi.

CHARLOT.

Embarque-toi, mon cher.

COLAS.

Non, non, il n'y a point de porte
de derrière.

CHARLOT.

Le lâche !...

COLAS.

C'est ça qu'est bête de m'appeler
lâche... J'ai peur, voilà tout.

CHARLOT.

Tu ne veux pas? Adieu ; à bientôt,
s'entend.

(Il sort.)

SCÈNE IV.

JEANNOT, COLAS, FIRMIN.

FIRMIN,

Qu'as-tu donc, mon pauvre Colas?

COLAS.

C'est M. Charlot qu'est à me dire des bêtises.

FIRMIN.

Comment, des bêtises !

COLAS.

Oui, y me dit qu'il faut me faire matelot.

FIRMIN.

Il a raison ; si j'étais pris, je n'y manquerais pas. Cette année, on donne le choix de l'armée de terre ou de mer.

JEANNOT.

Si Julien est pris, tu lui donneras ce conseil.

FIRMIN.

Je pense qu'en faveur de ses vertus il ne sera pas pris.

JEANNOT.

Ah ! ce sont mes vertus qui m'ont valu le bon billet.

COLAS.

Ma foi, non! pas pour toi, mais Julien : il est bien méritant.

JEANNOT.

Nous verrons ce que ça fait.

COLAS.

Je n'ai pas pensé à dire que j'étais poitrinaire, c'est une cause d'exemption.

JEANNOT.

Témoin le cheval du brigadier de gendarmerie qu'on a réformé parce qu'il était poussif.

JEANNOT.

Es-tu enrhumé souvent?

COLAS.

Jamais.

SCÈNE V.

JULIEN.

Mon père, mon père, que j'ai de chagrin ! Mon frère , prends soin de mon père, de ses pauvres petits en-fants. Te voilà père de famille , tu travailleras...

EUSTACHE.

AIR : *A la frontière.*

Mon fils, mon fils, cache tes larmes,
Elles retombent sur mon cœur;
Sois noble et digne sous les armes,
Reviens avec la croix d'honneur.
Ah! malgré ma douleur amère,
Dussions-nous un jour te pleurer,
Mon fils, tu dois te distinguer,
Que le fils soit digne du pere.
Mon fils, mon fils, sois bon soldat,
Sois brave et ménage ta vie;
Je prierai le Dieu des combats:
L'homme combat, le vieillard prie.
Honneur, honneur, ô mon enfant,

4

A qui succombe en combattant,
En combattant pour la patrie!

FIRMIN.

Oh! mon Julien.

JULIEN.

Firmin, pense à tout ce que je t'ai dit : c'est un grand chagrin pour moi de quitter ma famille, mais tu peux me remplacer près de...

FIRMIN.

Quel trait de lumière !... A bientôt.

SCÈNE VI.

LES PRÉCÉDENTS, MOINS FIRMIN.

EUSTACHE.

Qu'a-t-il?

JEANNOT.

Il va chercher M. Charlot ; il est gai, il vous consolera.

EUSTACHE.

On ne se console pas de la perte
d'un fils comme Julien avec des fo-
lies, mon pauvre Jeannot ; toi, tu as
un bon billet?

JEANNOT.

Oui, père Eustache ; mais, vrai,
quoique je sois content, que j'en sois
bien aise, vrai, j'ai du chagrin pour
Julien.

COLAS.

Et moi aussi, mais je serai fier de
dire que t'es mon pays.

JULIEN.

Je tâcherai de mériter la bonne
opinion que t'as de moi.

JEANNOT

AIR : *C'est bien le plus joli corsage.*

Mon ami, tu quittes le village,
Mais je prierai souvent pour toi ;

Quand tu seras dans le carnage,
Tu diras : Jeannot pense à moi.
Quand les Africains dans la plaine
Te donneront de bons coups sur le dos,
Tu diras : Je suis dans la peine,
Mais j'ai la pensée de Jeannot.

COLAS.

C'est cela qu'est consolant !

JEANNOT.

Je console à ma manière.

COLAS.

Elle est jolie cette manière ; tiens,
Julien, v'ci la mienne :

AIR : *Guernadier, que tu m'affliges.*

Nous irons dans de bonnes auberges,
Nous boirons de bon cidre doux,
Nous danserons dans les villages,
Nous nous amuserons tous les jours ;
      Nous boirons,
      Nous danserons,
      Nous sauterons
      De bon cœur,
      Tous les jours.

JULIEN.

Mon père, je me distinguerai.

EUSTACHE.

Voilà la seule consolation que tu puisses me donner !

JULIEN.

Vous l'aurez, mon père.

COLAS.

Comment faut-il faire pour se distinguer ?

EUSTACHE.

Il faut remplir tous ses devoirs.

COLAS.

Croyez-vous, père Eustache, que si je m'en va à la guerre, je me battrai ; pas si bête! on me le rendrait.

EUSTACHE.

Allons donc, Colas, tu me fais honte !

9

COLAS.

Vous avez bien de la bonté, monsieur Eustache ; moi, je n'ai pas de honte ; chacun défend sa vie comme il peut : moi, j'ai toujours pensé que je la défendrais en courant

JULIEN.

Vous fuiriez ?

COLAS.

C'est-t'y s'échapper ?

JULIEN.

Oui.

COLAS.

Mais je ne connais pas d'autre moyen de n'être pas attrapé.

EUSTACHE.

1 y en a un bien meilleur.

COLAS.

Lequel ?

EUSTACHE.

C'est celui de faire reculer les autres.

COLAS.

Ah ! ah !

EUSTACHE.

AIR :

J'ai vu souvent s'enfuir le lâche,
Presque toujours on l'atteignait,
Et l'homme faible qui se cache,
Presque toujours on le trouvait ;
Mais celui que l'ardeur anime,
Celui qui sait tout défier,
Objet d'un respect unanime,
Personne n'osait l'attaquer.

COLAS.

Si je pouvais faire peur aux balles,
je serais fier.

SCÈNE VII.

LES PRÉCÉDENTS, CHARLOT ET FIRMIN (*en matelot*).

EUSTACHE.

Qu'est-ce cela ?

FIRMIN,

AIR : *On dit que le temps et l'absence.*

Il soutient toute la famille,
Il était votre unique appui ;
Il a remplacé votre fille,
   Eh bien ! je partirai pour lui.
Recevez, ô mon tendre père,
Ma vie que je viens vous offrir ;
Je serai digne de mon frère.
Et mon père pourra me bénir.

JULIEN.

Non , mon frère , je ne souffrirai
pas.

FIRMIN.

Oh ! je t'en prie. Mon père, or-
donnez-lui d'accepter !

EUSTACHE.

AIR : *Une fille est oiseau.*

Mon fils, je n'ose accepter...

FIRMIN.

Oh ! je vous en prie, mon père.

COLAS.

Vraiment il se désespère,
Ne vous faites pas prier.

FIRMIN.

Vous oublierez ma folie,
Je réparerai ma vie.

CHARLOT.

Il défendra la patrie.

JEANNOT.

C'est un bel état, vraiment.

FIRMIN.

Je veux vous rendre mon frère.

EUSTACHE.

Hélas ! hélas ! que dois-je faire ?

TOUS.

Acceptez, c'est votre enfant.

EUSTACHE.

Mon fils, tu m'as vaincu.

CHARLOT.

AIR : *De cette rose.*

Il marchera sur votre trace,
Car c'est le chemin de l'honneur ;

N'est-il pas digne de sa grâce ?
N'admirez-vous pas son bon cœur ?
L'homme de cœur et d'énergie,
Comme un autre homme peut tomber,
Mais toujours il oftre sa vie
Pour la faute qu'il faut laver.

JEANNOT.

On ne se lave pas souvent de
même.

CHARLOT.

Non, car on se corrige. Monsieur
Eustache, je n'étais qu'un homme
brave, je veux devenir un brave
homme.

CHARLOT.

AIR : *Du maçon, du courage.*

J'ai bon cœur et mauvaise tête,
Et toujours je m'applaudissais !
Mais dans mon chemin je m'arrête,
Pauvre Firmin, je te perdais !
J'ai rencontré sur mon passage
Ton père qui m'a rendu sage ;
Va, je te prêterai mon bras :
Du courage, du courage,
L'ami sera toujours là.

EUSTACHE.

Si j'accepte le sacrifice
Que tu veux faire à l'amitié,
C'est qu'en recevant ce service.
J'espère qu'il sera payé ;
Va, si je reçois ton hommage,
Firmin, nos cœurs seront le gage
Du sentiment qui te suivra.
   Du courage, du courage,
   Les amis seront toujours là.

FIRMIN.

Je serais heureux de vous plaire,
Si vous admirez mon bon cœur ;
Ne devez-vous pas pour salaire
M'écouter avecque faveur ?
Puisque je quitte le village,
Vos tendres vœux sont mon partage.
Dites-moi qu'on m'applaudira.
   Du courage, du courage,
   Les amis seront toujours là.

FIN.

Imprimé par Charles Noblet, rue Soufflot 13.

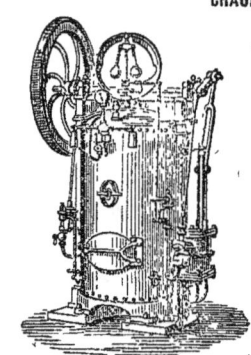

MAISON

DE LA

RUE DU PONT-NEUF

RUE DU PONT-NEUF, n° 4, n° 4 bis, n° 6,
n° 8 ET RUE BOUCHER, n° 1

A PARIS

HABILLEMENTS

POUR HOMMES ET ENFANTS

DRAPERIES ET VÊTEMENTS SUR MESURE

Chapellerie, Cordonnerie, Chemiserie, Bonneterie

VÊTEMENTS DE TRAVAIL, UNIFORMES ET LIVRÉES

LA MAISON N'EST PAS AU COIN DU QUAI.

www.ingramcontent.com/pod-product-compliance
Lightning Source LLC
Chambersburg PA
CBHW071122260626
47162CB00006B/2427